모두의 바람

여행자의 책

바람이가 어떻게 생겼더라

도무지 기억이 안 나

머리 흔드는 날이 올까

차례

안녕!   7

할아버지   17

그날   27

누나   37

형아   47

강변	57
주말	69
노래	79
마감	89
모두의 바람	99

우리가

이렇게 만날 수도 있군요.

세상에,

내가 책에 나오다니.

하긴 뭐

책에 둘러싸여 사니까

언젠가는

이런 날이 올 것도 같았어요.

정식으로 인사드립니다.

동네서점 안마당에 살고 있는

열네 살 흰색 스피츠,

바람이라고 합니다.

처음 뵙겠습니다.

워낙 동안이라
제 나이를 들으면
다들 놀라시지만
제 이야기는 더 놀랍죠.

뭐랄까
사연 있는 개라고 할까,

어디서부터
이야기를 시작할까요.

여기 오기 전에는
할아버지랑 살았어요.

조금 심심했지만,
그런대로 좋은 분이었어요.

밖에 나갔다 오실 때는
꼭 제가 먹을 걸
한 아름 챙겨오셨어요.

그리고는 맨 먼저
티브이부터 켜셨죠.

할아버지는 잘 때도
티브이를 켜놓으셨어요.

덕분에
세상 돌아가는 걸
제법 알게 되었어요.

할아버지는
저를 귀여워하면서도
늘 안쓰러워했어요.

제가 외로워 보였을까요,

아니면 절뚝이는
다리 때문이었을까요.

어느 날

할아버지가

아파트로 이사 가시면서

저는

긴 가족회의 끝에

이 서점으로 들어오게 됐어요.

제가 네 발로 걸어 다닌 건
1년이 채 안 돼요.

그러니까
그 사고는
한 살 때 일어났죠.

평소처럼 사료를 조금 남긴 채
쉬고 있는데
어디서 탈출했는지
커다란 개 한 마리가
제 밥그릇을 향해 달려왔어요.

그냥 먹게 내버려두고
숨어 있어야 했는데
저는 겁도 없이 짖고 말았어요.

잔뜩 굶주렸던 포악한 개는
그만,

저의 뒷다리를 물어뜯었어요.

피 흘리는 저를 안고

동물병원까지 달려간 주인은

저보다 먼저 맥이 빠져 쓰러졌어요.

수술 끝에

다리 한쪽이 영 짧아졌지만

그래도 이게 제 모습인걸요.

장애는

벗을 수도 없고

버릴 수도 없는

저의 정체성이 되었어요.

서점에 처음 살게 됐을 때도
실은 걱정부터 했어요.

몸이 불편한 게 아니라,
저를 바라보는 시선과
염려 섞인 말들이 불편하거든요.

그런데
저를 온 마음으로
좋아하는 이들이
여기 잔뜩 살고 있지 뭐예요.

특히
이 사람 이야기를 빼놓을 수 없죠.

이제 나이가 있다 보니
아무에게나 누나라고 불러도
될지 모르겠지만

멋지면 다 형아,
멋있으면 다 누나라고 배웠어요.

그래서 용기 내어
부르기로 했어요.

할아버지랑 살 때

티브이 드라마에서도 봤는데

밥 잘 사주면 예쁜 누나라더군요.

매일 맛있는 걸 주는 서점 누나가

제 삶으로 들어왔어요!

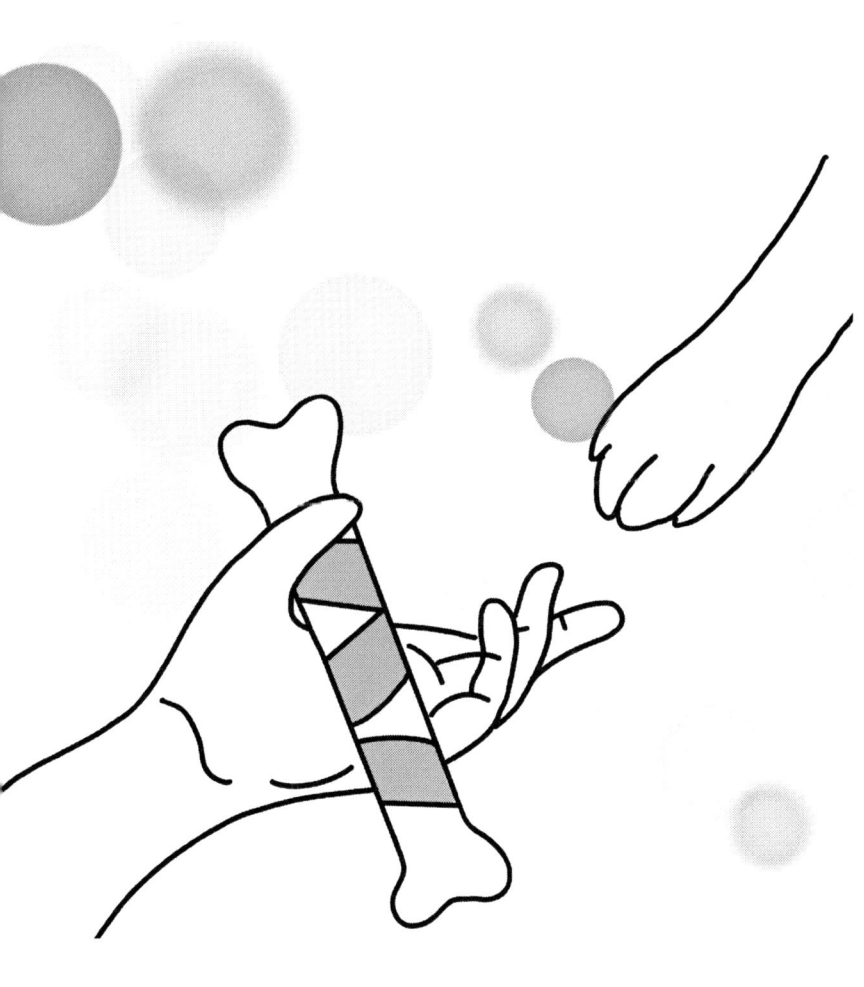

앞집 꼬마가 가족들과
책을 사러 왔어요.
사람 중에는 그 녀석이
우리 동네에서
제일 귀엽더라고요.

다만 이 아이가 소문난 개구쟁이라
엄마한테 종종 혼나는 걸 봤어요.

오늘도 퍽 화나셨는지 아이에게
"너를 서점에 두고
차라리 바람이를 키워야겠어!"
하는 충격 발언도 남기셨어요.

꼬마의 반응이 더 의외였어요.
별로 놀라지도 않은 채 서점 주인에게
저의 나이와 성별을 묻더라고요.

열네 살, 남자라는 걸 알게 된 꼬마는
제 곁에 조용히 다가와
앉으며 말했어요.

"형…!"

9세 < 14세

허허 이거 참.

족보가 이상하게 꼬여가지만

그냥 우리

모두 다 친구라고 합시다.

내가 사는 서점 가까이엔

금호강이 흘러서

매일 저녁마다

호젓하게 산책할 수 있어요.

산책로에서 만나는 이들은
모두들 제 다리에서
눈을 떼지 못하지만

그럴수록
저도 누나도
더 당당하게 걸어가죠.

혀를 쯧쯧 차는
이들도 있고

어머, 불쌍해
말하는 이들도 숱한데

아픈 애를 왜 데리고 나왔냐고
버럭 신경질 내는 어른도 봤어요.

제가 얼마나 산책을 좋아하는지
모르시나 봐요.

그럴 때 저는

보란 듯이 달려요.

제가 좋아하는

꽃핀 강가를 맘껏 달려요.

바람보다 빨리 내달려요.

그렇게 심장이 뛸 때면
살아있다는 게 더 강렬하게 느껴져요.

서점 손님들이
저를 마구 쓰다듬으면
약간 귀찮을 때도 있지만
이해해요.

손바닥에 대고
살짝 볼을 부벼주면
다들 좋아서 못 살더라고요.

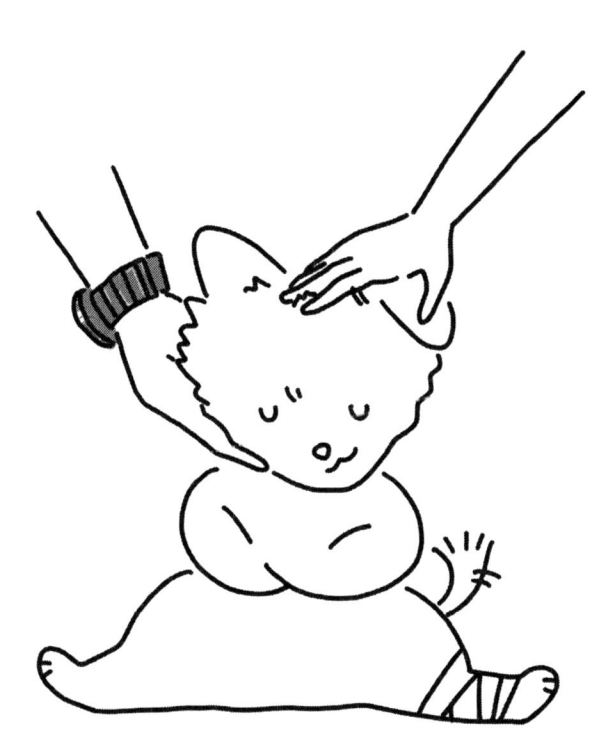

특히 주말이면
저를 보러 오는 가족들이
꽤 있어요.

서점 문을 열면서
"바람이 있어요?" 할 때면
저도 귀를 쫑긋 세우죠.

아, 또 슬슬 일어나볼까.

서점 주인은 선심 쓰듯이
저를 산책시킬 권한을
그 손님 가족에게 줘요.

공동육아라 해야 할지,
어르신 돌봄이라 할지

아무튼 오늘도 저는

그들을 데리고

동네 한 바퀴를 돌고 옵니다.

지금 서점 라디오에는
'세상의 모든 음악'이 흘러나오네요.

하루 중 제일 좋아하는 시간이에요.

이 방송이 끝나면 서점도 문을 닫고
저랑 누나가 산책에 나서거든요.

저는 누굴 닮았는지
옛날 가요를 즐겨 듣는데

특히 노래 제목에
제 이름이 나오면
그렇게 좋더라고요.

'바람이 분다',
'바람 바람 바람' …
이런 곡은 거의 매일 들어요.

이제 나이가 들어서인지
조용필 아저씨가 부른
'바람의 노래'도 좋아지네요.

살면서 듣게 될까

언젠가는

바람의

노래를

제가 사는 곳이 대구라,
그래도 애창곡은 늘
김광석의 '바람이 불어오는 곳'이죠.

한 번씩 심취해서
목청껏 불러대면
누나가 화들짝 뛰어나와
사료를 주기도 해요.

아!
서점 간판 불이
꺼지는 시간이에요.

서점은 아마도
'하늘과 바람과 별과 시'를
좋아하는 사람들이
오는 곳 같아요

이때 바람은 물론 저겠죠?

언젠가는 책도 읽어야 할 텐데
글자만 보면 왜 그리 잠이 오던지….

앞으로 제가 자는 모습을 보면
이 친구, 또 독서를 시도했구만! 하고
기특하게 여겨주세요.

책 표지만 힐끗 보아도
이미 독서는 시작된 거라고,
이곳 서점 주인이 말했으니
저도 아마 꽤 읽은 셈일걸요?
하핫.

별이 바람에 스치우는

오늘 밤에도

나한테 주어진 산책길을

걸어가야겠어요.

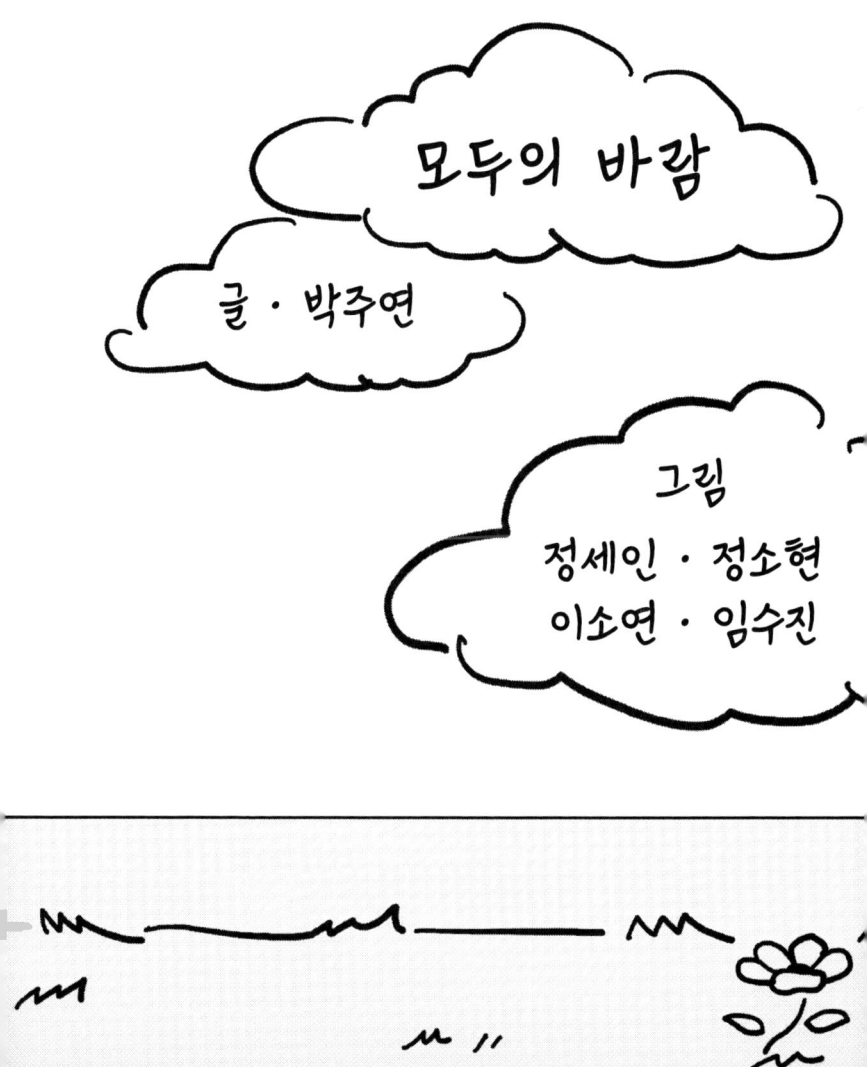

바람이는 매일 기도해요.

이 글을 읽을 수 있다면
함께 기도해 주세요.

그럼,
우리가 바라는 대로
이루어질 거예요.

몸이 불편한 이를 만나도
너무 티 나게
위로하지 말아요.

그저 눈을 마주치고
인사하면 좋겠어요.

조금 다르게
살아가는 이를 보아도
마음을 닫아버리지 말아요.

언제든 다시
친구가 될 수 있어요.

우리 사이에

선선한 바람이

드나들 수 있도록

다정한 거리를

열어놓기로 해요.

그리고 또…

늘 그렇듯이
자세한 건
만나서 얘기해요.

안녕!

바람이 산책 코스 🐾

1. 자연을 벗삼아 금호강변
2. 한적한 우리동네 한바퀴
3. 여행 기분 만끽하며 대구공항

금호강변 산책로

여행자의 책

카포스

Selfia

S

대구공항

모두의 바람

1판 1쇄 발행　　　2024.10.10.

글쓴이　　　　　박주연
그린이　　　　　박지원 이소연 임수진
　　　　　　　　전경신 정세인 정소현

책임편집　　　　박주연
표지디자인　　　전은경
본문디자인　　　임수진

발행처　　　　　여행자의 책
ISBN　　　　　　979-11-986119-2-5　　00810